幸福を運ぶ詩《うた》
100

筒井敬一 著

DOYUSHA BUNKO

道友社

はじめに

生まれようと思って
生まれてきた人は
ひとりもありません

不幸になろうと思って
不幸になった人も
ありません

地球より重い「いのち」も
かけがえのない「運命」も

自分の自由には
なりません

健康で長生きして
家族そろって
幸福になるには
どうしたら
いいのでしょう

あなたのかけがえのない人生に
幸福を運ぶ詩《うた》を
この本は語りかけます

著者

✲ もくじ ✲

1

人生街道

日本からパリへの道は　幾つもあります
船の航路は
インド洋から大西洋を回るコース
太平洋から大西洋を回るコース

航空路もたくさんあります
北極コース　シベリアコース
インド洋から中東を回る南コースなど

どのコースを通っても　パリに着きますが
条件はみんな違います

利用する乗り物も
船　飛行機　汽車　自動車など
費用もぜんぶ違います
旅程にかかる時間も
道中の風物や景色も　千差万別です

人生の旅もいろいろです
どのコースを通っても
必ず終着駅に着きます

悲しみコース　苦しみコースより
親神様《おやがみさま》が教えられる
「陽気ぐらしコース」が最高です

2

目

明るい　優しい　美しい瞳《ひとみ》や
険しい　悲しい　冷たい目など

いろいろあります
「目は口ほどに　ものを言う」

鏡に映った自分の恐ろしい目に
自分で驚く人もあるでしょう
「目は心の窓
口は心の声
顔は心の掲示板」

目は人の心を正直に表します
自分の目を見れば
自分の心がわかります
自分の心のあり方を
反省し 改める人は
賢い人です

優しい心の人の目は
優しく 静かに輝きます
明るい 優しい心をつくって
明るい 優しい目になりましょう
親神様《おやがみさま》が
ご褒美《ほうび》をくださいます

3

ひと言の命

だれと会っても話しても
相手を喜ばせ
勇ませる人になりましょう

「陽気」を振りまく人に
なりましょう
立派な「徳積み」です

自分だけが「陽気」では
本当の陽気とは
言えません

暗い空気を明るくする
人の心を開いてあげる
それが「貢献」です

ひと言の言葉や
ちょっとした態度で
人を喜ばせたり
たすけることができます

人を悲しませ苦しませたら
わが苦しみの種になります
人を喜ばせ　たすけただけが
自分の徳となって
健康長寿につながるのです

4

愛の鞭

「神様なんて
あるとは思えません
神様があるなら
なぜ人間が
病気になったり
貧乏になるんですか」

こんなことを言う人は
本当の「神様」をご存じないんです
太陽と水と空気があって

人間には「いのち」があるんです
米や麦や野菜があって
人間は生きられます
自分自身の力だけでは　生きられません

私たちの「生命と運命」は
「親神様《おやがみさま》」のご守護だけで保たれます
全知全能　天地人間創造の
「親神様」のおかげです

親なら子供に意見もします
親神様のご意見が「病気」であり
いろいろの「悩みごと」なのです
愛の鞭《むち》「親の意見」を聞き分けましょう

5

一日修養

一カ月に一日でもいいから
勝手気ままを「慎《つつし》む日」をつくる

これを
「一日修養」
と言います

贅沢三昧《ぜいたくざんまい》な世の中には
必要なことです
修養は自分自身の
「生命と運命」を守る

キーポイントです

この一日の修養が
「健康長寿」となります

禁酒　禁煙　禁欲の日
一日断食　一日二食
腹を立てない　人の悪口を言わない
親孝行　子供を過保護にしない
夫婦　嫁姑《よめしゅうとめ》が喧嘩《けんか》をしない
教会へ参拝して　神様に感謝する
こんな日を定めて　実行しましょう
運命が拓《ひら》けて
絶好の人生を迎えられます

6

らしく

「男が男らしくするのは
なかなか
むつかしい」
ものです

「らしく」するのは
むつかしいことですが
「人間の値打ち」です

男らしく
女らしく

夫らしく
妻らしく
親らしく
子らしく
社長らしく
学生らしく

「らしく」なるための
勉強をしましょう
そのためには
自分を磨くこと
「癖性分《くせしょうぶん》」を直すこと
人生は死ぬまで「勉強」です

7

弱くなる

工夫とは　辞書によると
「適切な方法を考えること」
「考えついた方法手段」
とあります

生活の知恵とは
暮らしがしやすいように
工夫することです

このごろ「工夫」をする人が
少なくなりました

工夫しなくても
生活できるようになったからです

ご飯を炊《た》くにも
風呂《ふろ》を沸かすにも
洗濯するにも
スイッチ一つです

頭も　体も　時間も使わずに
出来上がります
「工夫」をしないと　頭も体も弱くなります
しっかり体中《からだじゅう》を働かせて
「長生き」する工夫をしましょう

8

無　休

「月月火水木金金」とは
土曜日も　日曜日も
休みなく
年中無休のことです

「働けば　凍るひまなし　水車《みずぐるま》」
年中休みなく働いていれば
水車《すいしゃ》も凍りません

人間も年中休みなく
働いていたら

豊かに明るく暮らせます
「かせぐに追いつく
　貧乏なし」
と言います

「そんな馬鹿《ばか》な」と
笑う人もあるでしょうが
神様は三百六十五日
夜昼の休みなく
働き続けて
人間を守ってくださいます

9

本当の人間

「夜間飛行」は楽しくはありません
まっくら闇《やみ》の大空を
ビルのような巨体が　無言で不気味に飛びます

どの乗客も　無愛想《ぶあいそう》に目をつむり
寂《せき》として声はなく
「気流の悪いコースへ入りましたので
シートベルトをお締めください」
アナウンスは優しく不気味に流れます
飛行機は容赦なく乱気流の中に
吸い込まれます

不安が機内をゆすぶり　全員目を伏せて
心はおびえる

ガタガタ　ドタンバタンと騒々しい
暗黒の空　高度一万一千メートルを時速千キロで
ジャンボジェットは　運命の路線を飛ぶ
風の前に乱舞する木の葉のごとく

合掌《がっしょう》の手は震えて
心は神様にすがりつき
金も財産も地位も権力も
役に立たない瞬間です
これが本当の人間の姿でしょうか
いつもこの謙虚な心で暮らしたい

10

小心者

気の小さい人に限って
すぐ
最終的な言葉を使います

「出ていけ！」

「出ていくわよ！」

「殺すぞ！」

「死んでやる！」

度胸のない小心の人は
思うようにならないと

すぐ終局的な絶望感で
やけくそになり
極端な言葉を使います

感情的な
言葉や行動は
無能な人のやることです

言葉一つ
動作一つにも
真実をこめて
相手の心を
労《いたわ》ることが大切です

11

いい日　悪い日

「おじさん何を見てるの」
「娘の結婚の日取りさ」
と「大安吉日」を探します

一生懸命　吉《よ》い日を決める
気持ちはわかるが
果たして　幸せに添い遂げる日なんて
あるのかな

善い日柄
悪い日柄

いろいろと言いますが
全知全能の
親神様《おやがみさま》が創《つく》られた尊い世界に
善い日とか
悪い日とか
悪い方角とか
善い方向が
あるんでしょうか
罪のない子供が　エトが悪いとかで
生涯苦労するなどは「残酷物語」です

どうしてですか
生まれた子供には
なんの罪もないはずなのに

12

仕事と時間

「仕事」が
終わるのと
「時間」が
終わるのとは
違います

「仕事」を
重く見て働く人と
「時間」を
主として働く人と

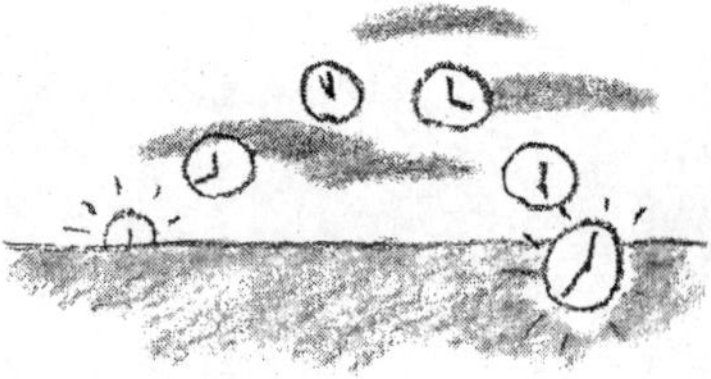

長い間には
天と地ほどの
運命のへだたりが
できます

仕事を目標に努力する人は
幸福と　健康に輝き
時間を第一と考える人は
それほどでもありません

「仕事」に打ち込める人は
幸せです

13

小犯罪

勤め先の
便箋《びんせん》や　封筒や　電話を
平気で私用に使う人があります

どんな小さな
わずかなことでも
公私を混同するのは
感心しません

「そんな細かいことを
いちいちうるさいなァ」

と　いやな顔しておっしゃるでしょうが

十円盗んでも
百万円盗んでも
盗みは盗みです

罪を犯す人は
「小さな罪」から始まって
いつの間にか
重罪を犯す人になります

紙一枚でも盗まないという
正しい人柄になりたいものです

14

手柄

「使う人になるより
使われる人になろう」
と言われます

何でも人にやらせて
自分はブラブラ
遊んで暮らす

そんな人の運命は
よくなるはずがありません

いやなことは人にさせて
自分は楽をする

つらいことは部下にやらせて
自分は上司にいい顔をする

そんな人は
神様に嫌われますし
人様も嫌います

いやなことは自分がやって
手柄は人にやる
そういう人が大人物《おおもの》です

15

一寸八里

「一寸八里」
「いっすんはちり」と読みます

初めに「3センチ」違っていると
先へ行ったとき
目的から「32キロ」も
離れてしまうということです

人間の運命も同じこと
ちょっとした間違いが
つもり重なると

救われない大きな不幸になります
「ちりも積もれば　山となる」です

ジャン・バルジャンは
幼いころ盗んだ一片のパンのために
彼の生涯を地獄にしました

ビクトル・ユーゴーの
レ・ミゼラブル「噫《ああ》　無情」です

「こんなことぐらい」という
「小さな間違い」が命を奪います
気をつけましょう

16

極楽の道

あれは嫌いだ
これはいやだと

勝手なことを
言いますが
この世の中
考えてみれば

楽しいことや
好きなことは
少なくて

いやなことや
嫌いなことが
たくさんあります

いやなこと
嫌いなことから
逃げ出さないで

親神様《おやがみさま》におすがりして
力一ぱい挑戦しましょう
きっと親神様が
この世の極楽への道を
わかりやすく教えてくださいます

17

恩返し

恩知らず
恥知らず
なさけ知らず

これほど味気ない　値打ちのない
人間らしくない人間は
ありません

人様に　たすけてもらった
ご恩を忘れる

困っている人に
温かい 思いやりの心を
かけることを忘れる

こんな人は
自分の生命と運命を
暗く 悲しくする人です

恩を受けたら
生涯忘れず感謝する
その心が 恩返しの「行い」となり
幸福に暮らす「徳」になります
「生命と運命」の神恩を忘れず
「徳積み」に励む人は 賢い人です

18

修理

自動車の調子が悪いので
修理工場で調べたら
故障の部分がわかりました

早速 修理してもらったら
新車同様になって
快適にドライブできるようになり
仕事の能率も上がりました

もし 故障したまま
修理せずに運転したら

事故を起こして
廃車になっていたかもしれない
故障したままの自動車は
無用の長物《ちょうぶつ》です

悪いところは早く修理して
活用するのが賢明です

心の故障も　早く直しましょう
「病《やまい》の元は心から」
心も体も　早く修理しないと
「廃物」になったら大変です

19

親の恩

守られて 叱《しか》られて
育てられるうちは「子供」です

守って 叱って
育てる「立場」になってこそ「親」です

ない子には苦労しないが
ある子には苦労する

子供に苦労するから
自分の親不孝だったことが

わかるんです

親になって　子を育てて
苦労して初めて
親の恩がわかります
親に　本当の感謝の心が
湧《わ》いてきます

苦労して人をたすけます
そのとき
たすけてくれた恩人の
恩がわかります
恩がわかったら早く
恩を返すことです

20

迷うな

「しっかり思案して
　いいと決めたら
独りでも勇んで行こう！」

事を始めるときは
「計画は
　密なるをもってよしとす」
綿密に心を使います

この世は「沈思熟考」です
軽はずみはいけません

しかし考えてばかりで
始めないのはもっとだめです
「行動は
敏《びん》なるをもってよしとす」
行動を起こしたら
敏速が成功のもとです

人間思案や先思案で
決断を渋ってモタモタしていたら
失敗に終わります

「ゴーイング・マイ・ウエイ」
自分で決めた道を「勇往邁進《ゆうおうまいしん》」です

21

一波は万波

静かな池に
小石を投げこむと
「ポトン」と
小さな波ができます

その小さな波が
次の波をつくります

その波が
さらに大きな波をつくって
次の波が生まれます

そして
もっと大きな波になって
池一ぱいに広がります

これが
「一波《いっぱ》が万波《ばんぱ》を呼ぶ」
ということです

あなたの素晴らしい「ひと言」が
次から次へと広がって
一波は万波を呼んで
大勢の人たちが　たすかるような
立派な言動で暮らしましょう

22

生活の中の感謝

ダイコンは白で　キュウリは緑
ミカンは黄色で　リンゴは赤
色と形が違うから　混乱しません

酒と酢は同色でも
味が違うから　間違えません

イワシ　サバ　マグロは海の魚
アユ　アマゴは川の魚
形が違うから　混乱しません

ガス　スモッグ　ケムリ
匂《にお》いが違います

天地人間創造の親神様《おやがみさま》は
人間の生活が混乱しないように
色と　形と　匂いと　味をつくられました

なんの気なしに生活していますが
同じ地面から生えた野菜や果物が
色と形で判別できるのも「親心」
魚の形を変えてくださったのも「親心」です

普通の生活の中に　創造の神の「親心」を知って
感謝できる人は「賢い人　幸せな人」です

23

悪を追い出せ

「悪い」とひと言で言いますが
「悪い」ことは　たくさんあります

運が悪い　頭が悪い
心が悪い　胃が悪い　口が悪い
人が悪い　手くせが悪い　親が悪い
仲が悪い　商売が悪い　相手が悪い

人間の心の中には
「善い心」と「悪い心」が同居して
お互いに争います

善い心が勝てば
善いことをしますが
悪い心の強いときは
悪いことをします

「善悪」の勝負は
「徳」の有る無しで決まります
徳のある人の心には「善」があふれ
徳の擦《す》り切れた人には「悪」が一ぱいです

「徳」をしっかり積むと
悪い心は逃げ出して
善い心が　幸せを一ぱい運んでくれます

24

男と女

天地人間を創《つく》った
親神様《おやがみさま》の思召《おぼしめし》には
男女は同権で
上も下もありません

服装も言葉も
「男」のような女性がいます
肩をそびやかして
「テメェ おれ!」と勇ましい!

髪かたち しゃべり方など

「女」に見える男性もいます

職業の人は別ですが
異性の姿や形をまねることが
男女同権の「誇り」でしょうか

男性には男性の
女性には女性の
天の定めた役割があります

それぞれの「持ち味」を生かして
補い合っていくところに
陽気ぐらしは
訪れます

25

九十一歳

「お年《とし》はおいくつですか?」

「九十一歳です」

「お若く見えますネ」

「ありがとう」

「年とっても　お丈夫ですネ」
「年とっても　お丈夫とは
頂けませんネ
年とって　丈夫ではなくて
丈夫だから　年をとったんです
丈夫だから　長生きできたんです」

見事一本！　その通りです
「年とっても」丈夫と言わずに
若いときから丈夫だから　長生き
心明るく陽気に暮らして
健康管理をしたおかげです

若さに甘えて　威張りちらしたり
勝手な生活をしたり　人をいじめたり
暴飲暴食したり　人様に迷惑をかけたら

九十一歳の
長寿と健康は
許されません

26

神と人間

「この世は
知恵と力と金です
地獄の沙汰《さた》も金次第
科学万能の時代です
神様なんて
時代遅れなことは
信じられません」

こんなことを　だれの前でも
平気で言う人があります

「生命と運命」は神様のおかげです
夜眠ってから
自分で呼吸をする人はないでしょう
自分で心臓を動かすこともできません

「人類は未《いま》だ信仰なしに生きて来なかったし
またこれからも生きてゆけない」
（トルストイ）

最高の幸福は「健康で長生き」
最高の道徳は「神様の教えを守ること」
最高の義務は「正しい人間になること」
最高の徳積みは「人をたすけること」です

27

雪中の竹の子

中国には
「二十四孝子伝」という
親孝行の人たちの伝記があります

ある片田舎《いなか》に 母と娘が 一人きりで
寂しく暮らしていました
母は長い病気で家は貧乏です

雪の深いある冬の夜
青い顔の母が 娘に言いました
「こんな真冬に無理かもしれんが

竹の子が食べたい
すまんが裏の竹籔《たけやぶ》へ行って
竹の子を採ってきておくれ」

こんな冬空に
竹の子なんか　出るはずがないと
思いましたが
心から親孝行の娘ですから
「はい！　見てきます」

雪をかき分けて　裏の竹籔へ行きますと
白い雪の中から
立派な竹の子が　顔を出していました
親孝行の真心に　神様が与えられたのでしょう

28

贅沢

「贅沢《ぜいたく》は身を滅ぼす」
と申します

「贅沢」をならべてみました
贅沢な料理
贅沢な建築
贅沢な着物
贅沢な家庭
贅沢な乗り物
贅沢な旅行
贅沢な生活

いろいろな贅沢がありますが
「身のほど知らず」
「身分不相応」なことです
「からす」が「鵜《う》」のまねをして死にました

働きもせず　努力もせず
ぶらぶらして収入もないのに
金のある人の生活をみて
まねをする人を
「贅沢」と言います

励んで働いて徳積んで
「徳」一ぱいで謙虚に暮らして
本当の「幸福」を摑《つか》みましょう

29

低い心

アフリカのキリマンジャロの山に
万年雪が積もっています
「ウソ！」と言う人もあるでしょう
山が高いからです
インドも暑い国ですが　ヒマラヤの山は万年雪です
ハワイのマウイ島は
南太平洋の熱帯ですが　万年雪の山渓《さんけい》で
サマースキーを楽しめるそうです

高い山頂は　夏でも冷たく　熱帯でも寒い
太陽に近いのに　太陽の恩恵が薄いのでしょうか

佐渡島《さどがしま》の冬は 意外に寒くないとか
土地が低くて 太陽の恩恵が厚いからでしょう

「高い山」だけじゃない
頭の高い「高慢ちき」な人も
「冷たい」と言われます

高い山には 何の作物もできず 雪と氷です
米や麦をはじめ すべての作物は
低い所が豊作です
「稔《みの》るほど 頭《こうべ》を垂れる稲穂かな」
豊作の稲の「頭」は低いし
空穂《しいな》は頭を下げません
「高い山」と「高い頭」は同じです

30

風習

あるときちょっと
用事を思い出して
住み込みの女の子を呼びました

元気のいい娘で
部屋へ入るなり
座敷に散らしてある
本や書類などを
無造作《むぞうさ》にポイと跨《また》いで
飛び越しました
ハードル競争です

物を跨ぐのは
一人前の娘の
やることではありません

「日本作法」では
物を跨ぐということは
「無作法」です
赦《ゆる》されません

現代っ子でも
作法に変わりはありません
世界中どこの国でも
誇りある風習は大切です

31

真理

物の値打ちがわからないのは
悲しいことです

人の値打ちがわからないのも
悲しいことです

「無知は犯罪」
とも言います
知らぬということは
その人 その物に
なんの価値もないということです

どんな便利な機械でも
使い方を知らなかったら
無用の長物《ちょうぶつ》「猫《ねこ》に小判《こばん》」
「馬の耳に念仏《ねんぶつ》」です

どんな高級車があっても
運転の仕方を知らなかったら
なんの価値もありません

真理を知らない人は
不幸せな人です
真理　天理を知ることが
「幸福の条件」です

32

旬に乗ろう

新幹線のプラットホーム
上《のぼ》り線で「ひかり」を待っています

電車に乗りました
そして東京駅へ
着きました

もし 電車が来ても
乗らないで
次の電車にも乗らなかったら
東京へは百年たっても行けません

「夜は寝るもの　朝起きるもの」
旬《しゅん》に添うことが　大切です
旬が来ても添わなかったら
目的は果たせません
「旬に蒔《ま》かねば　芽は生えぬ」
目的達成の要素です

旬の理に乗って
勇みましょう
種蒔きの旬　修理の旬　収穫の旬
旬は宝の源泉です
「旬」を逃《のが》したら
成功は望めません

33

雨は静かに

雨が降ります
しとしとと「春の雨」です
情趣あふれる静かな雨に
心休まる思いです

雨が降ります　風も吹きます
「どしゃ降り」です
心がふさぎます

たたきつけるような雨が降ります
荒い風が吹きつけます

「台風」です
恐ろしい災害の予感に
胸が震えます

おなじ雨ですが
降る状態で 結果は違います

言葉もおなじです
強く 惨《むご》たらしく 乱暴な
暗い 冷たい 汚い言葉は不幸行き

優しく 明るく 温かく
真実あふれる 親しい言葉は幸福行きです
言葉一つで運命が変わります

34

自由尊し

自由時間が欲しいのは
人間として　当然です

自由に暮らすことは
人間の生き甲斐《がい》です
しかし「自由」ということは
放縦奔放《ほうじゅうほんぽう》や無軌道とは　違います

放縦奔放は
人に迷惑をかける
勝手気ままな振る舞いです

正しい「自由」とは
天国と地獄ほど違います

人々や社会に貢献して
すべてに協力しながら
自らが謙虚に
自由を楽しむことが
自由の方程式です

自分のやっていることが
放縦か　奔放か
本物の自由かを
よく確かめることは
あなたのために重要なことです

35

シマイでわかる

その人が
幸せだったか
不幸だったか
ということは
最後にならないとわかりません

人生の「前半」は幸せだったが
「後半」になって惨《みじ》めだった

「前半」は 涙の毎日だったが
「後半」は 幸せずくめだった

今だけではわからないのが
人生の「幸不幸」です

芝居《しばい》を見ると
最初は　善人を悪人が苛《いじ》めます
そして最後は　悪人が滅びます
「シバイ」を見るのではなく
「シマイを見よ」でしょうか

人生も「シマイ」です
若いうちは　勝手気ままに暮らせても
年とってから一変して「生き地獄」なら
決して　幸せではありません
「シマイ」が　幸不幸の「決勝点」です

36

心新たに

「貧《ひん》すりゃ 鈍《どん》する
転びゃ クソの上」
汚い諺《ことわざ》ですが
笑えない事実です

人生の旅は
雨の日も 風の日もあり
自分の思うようにはなりません
調子が悪くなると
なにもかもだめで
転んでもクソの上だと言うんです

調子の悪いときは
焦らず 慌《あわ》てず 苛立《いらだ》たず
心を落ち着けて
足元をよく見つめながら
静かに歩むべし
との教訓です

人生七転び八起き
どんな日もあります
「失敗は成功の母」
失敗して心を倒す人は 再起不能です
失敗したら「成功への階段」だと奮起する
賢い人は
心勇んで挑戦します

37

慣れる

いいことに慣れる人は
素晴らしい人です
悪いことに慣れる人は
劣等です

当たり前のようなことですが
尊い人生を
「地獄」と「極楽」に分けます

スリや万引きでも
最初は「悪いことだ」と

罪悪感で手が震えますが
二度三度と重ねるうちに
「悪い」気持ちがなくなって
罪をくり返します

近ごろ驚くほど増えてきた
少年犯罪も
「悪に慣れた」子供たちです

マンネリと群衆心理に
犯されると
「悪」と「善」との見分けがつかなくなって
不幸の底へ落ちるのではないでしょうか

38

声

「おはようございます！」
と大きな声
「おはよう！」
と返事も大きい

この人たちの間には
わだかまりがありません

わだかまりのある
人たちの声は
小さくて陰気です

声の小さい人は静かだけど
「暗い感じ」です

小さな声は
内緒話《ないしょばなし》や　企《たくら》みごとの相談や
陰口などのときに使うようです

しかし「大きな声」でも
怒鳴《どな》り声　叱《しか》り声
人に迷惑な声はいけません

「声」は人生の外交官です
楽しく明るく陽気な声が
幸福を運んでくれます

39

親のおかげ

「すみません
うちの子がお宅さんの
ガラスを割りました
弁償しますから
お赦《ゆる》しください」

子供の不始末を我がこととして
詫《わ》びる優しい親
この親があってこそ
子は守られて育ちます

「親のあるうちに　癖直《くせなお》せ」
と昔の人は言いました
子供の失敗を詫びてくれる
親のありがたさを
忘れてはなりません

不良の子ほど　親に心配をかけます
そのくせ　親の尊い恩を知りません
親が亡くなったあとは
世間の風は　当たりが強く　冷たく
厳しいものです
親のあるうちに自分の悪い癖は
とことん直しておきましょう

40

善因善果

高速道路を超スピードで
突っ走ります

事故発生の道路情報を聞いて
心を引き締めます

事故現場の惨状《さんじょう》が
目に入ります
無残さに目を覆《おお》います
その瞬間
キューンと　心が緊張します

安全運転に切り替えます
「前車の覆《くつがえ》るを見て
　後車の戒めとする」

あの人は　酒の飲み過ぎで　脳卒中
あの人は　煙草《たばこ》の吸い過ぎで　肺ガン
あの人は　甘い物好きで　糖尿病

ひとごとではありません
善因善果　悪因悪果
自分の運命は
自分の種蒔《ま》きに始まるのです

41

ビジョン

テレビを見ていたら「明るい話題」で
優秀な小学生と テレビ記者との
対談を放送していました

記者 「あなたは将来 なにになるつもりですか」
小学生「はい! 僕《ぼく》は飛行機で大空を飛び回る
　パイロットになります」
記者 「あなたは なにになるの」
小学生「私は ナイチンゲールのように
　可哀想《かわいそう》な病人さんを
　早く全快するように労《いたわ》りたい」

記者　「あなたたちは　勉強していますか」
小学生「一生懸命しています」
記者　「どうして勉強するんですか」
小学生「今のうちに勉強しておかないと
　　　　大人になって　なにもわからず
　　　　困るからです」

小学生のうちから　将来の展望《ビジョン》に夢を持って
その理想のために一生懸命勉強する
こんな素晴らしい子供が
賢い子供です
昔の子供は　みなこの通りでした
だから　日本の国は
素晴らしい繁栄を遂げたのです

42

雑　音

雑音ほど　いやなものはありません
この世の中
「音」の持つ役割は大きく

一つの「音」が
人の心を明るくも　暗くもします
ひと言の「言葉」が人の運命を
よくも　悪くもします

人の命を救うことも　殺すこともあります

雑音が嫌われるように
乱暴な　下品な　汚い言葉が
友を遠ざけ　家庭を乱し
子供を非行へ追いやり
自己を破滅させます

「音」のもつ「重さ」を考えたら
戸障子《しょうじ》の開け閉めから
茶碗《ちゃわん》の置き方　ご飯の食べ方にも
心を使いたいと思います

愚痴《ぐち》や　不足や　悪口　陰口など
「雑音」は慎《つつし》みましょう

43

心の化粧

「化粧代もばかにならん」
と言いながら
他人が振り向くほど
異常な厚化粧の人を見かけます

「美人になりたい」という
願望でしょうが
人によっては
「塗らないほうがいいのになァ」
と思える人も
ないとは言えません

顔を美しくするよりも
心を美しくするほうが
運命は
美しくなります

「目は心の窓
口は心の声
顔は心の鏡なり」
という諺《ことわざ》もあります

心どおりの顔なのですから
優しい　明るい心の人は
美しい　明るい顔になるでしょう

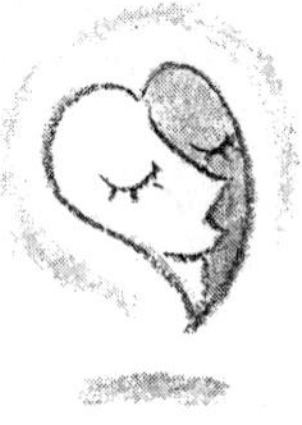

44

理は残る

「形は消えても　理は残る」

「私はむかし　あんたに
ひどいことを言われて
くやしかった　絶対忘れないよ！」
「へえェ　オレ　ソンナコト　イッタカナァ」
言ったほうは　忘れているが
言われたほうは　ちゃんと覚えています

「おれはきみに　ナグラレタことは
永久に忘れないよ！」

「ひえェ！ オレ きみをなぐったこと
あったかなァ」

なぐったほうは 忘れても
なぐられたほうは 覚えています
「形は消えても 理は残る」

盗んでも「返したらいい」
などと思ったら大間違いです

物は返してお詫《わ》びしても
盗んだ行為は永久に残ります
神様に守られるように
正しく暮らしましょう

45

顔

この世の中で　最高の正直者は
「顔」です

うれしいときも
悲しいときも
驚いたときも
怒ったときも

心どおりの
顔になります
むつかしい心の人は

やっぱり
むつかしい顔です

心の優しい人は
優しい顔で人に愛されます
心の冷たい人は
冷たい顔で人に嫌われます

自分の「心」を知りたかったら
鏡に写った自分の「顔」を見れば
よくわかります
もし暗かったら　心を明るく切り替えて
明るい顔になりましょう
「顔」に教えられて「心」を直しましょう

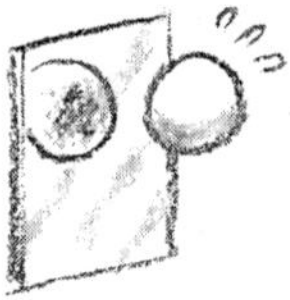

46

体験

「闇《やみ》の夜は
　声を頼りについてゆく」
という言葉があります

闇の夜道は
皆目《かいもく》わかりません

盲目の人は
研《と》ぎ澄まされた感覚で
夜の道でも安全に歩けます
身についた体験の尊さです

理論の方式だけでなく
体験という 裏づけが尊いんです
だから体験で叩《たた》き上げた
技術者は強いのです

昔の人は賢かった
と言いますが
それは体験の賜《たまもの》です
理論ではなく
「身について」「心に覚えて」いるのです
学問や「卒業証書」を鼻にかけず
低い姿勢で一歩下がって
体験者から謙虚に学びましょう

47

今この時間に

今この時間に
交通事故で
大手術をして
生死の境を　さ迷っている人がいます

今この時間に
家出した娘を捜して
狂乱の巷《ちまた》に叫ぶ母があります

今この時間に
夫婦喧嘩《げんか》で

なぐり合っている
悲しい家庭も　あるかもしれない

今この時間に
可愛《かわい》い我が子の大病で
「命請い」している
憐《あわ》れな母もあるでしょう

それを思えば
平穏無事でありがたい！
なに心配なく安全に
暮らさせていただいて
なんと　ありがたいことか
神様に　お礼を言わずにはおれません

48

勤　務

会社でも　役所でも　工場でも
出勤時間を
タイムレコーダーが記録します

ぎりぎりの時間に出勤して
タイムレコーダーを叩《たた》いて
それから　更衣室で着替えて
トイレへ行って
用をすまして
洗面所で顔を洗い
喫茶店で朝食

ひと休みしてから
仕事にかかる

こんな人も
ないとは言えません
タイムレコーダーが記録した
出勤時間から
一時間もたってから
仕事にかかる

神様は　これをごらんになって
どう思っておられるでしょう
少し考えを変えたら
どうでしょうか

49

同権

親と子は
同じ人間であっても
同権ではありません

中学生が
煙草《たばこ》を喫《す》います
「いかん！」
と親爺《おやじ》が叱《しか》ります

「ナニイッテヤガンディ
オヤジダッテ

スッテルジャネエカヨォ！」

五十歳の親爺と
中学生ですが
息子は　親も子も同権
と考えているのです

親のやってることを
息子がやって
なにが悪い！　と言うんです

そうかもしれませんが
同権同権と言う前に
少し考えることがないでしょうか

50

知恵より「徳」

「あの人は頭のいい人だ
よくあんなに次から次へと
上手に頓智《とんち》が浮かぶものだ」
と感心される人がいます

「あの人のアイデアは素晴らしい
あの頭のよさは　大したものだ」
と言われる人もいます

「頭がいい人だ」
と人に羨《うらや》まれる秀才でも

「幸せ」とは限りません
頭がいいと言われる人が
罪を犯すことも
あります

政府高官の「贈収賄《ぞうしゅうわい》」も
男と女の乱れたスキャンダルも
巧妙な詐欺師《さぎし》の悪知恵も
「魂の徳」が擦《す》り切れた結果です

「知恵」も「頭」も大事だが
「徳」がなければ
幸福にはなれません

51

正しい人

「おれは正しい
間違ったことは
一つもしない」

お互い人間です
神様ではありません
「正しい」などと
言い切れるでしょうか

学校の生徒が
試験の答案を書いて

自分で点数をつけてもだめです
答案は　生徒が書くもの
点数は　先生がつけるものです

自分の人格や信仰の点数を
自分でつけてはいけません
点数は　神様につけていただくのです

親神様《おやがみさま》の「テスト」の最高点は
「陽気ぐらし」です
「陰気」な人は
落第生です

52

ロックフェラー

「ジョン・ロックフェラー」
という人は
アメリカ合衆国の「大富豪」で
世界経済界の英雄でした

彼は「遺書」の中に
こう書きました
「私の財産は祖国アメリカによって
築かれたものである
私の遺産の大部分は
アメリカ合衆国に　返さなければならない」

自らの才能と努力とによって
築きあげた財産ですが
誇らず 驕《おご》らず
祖国のおかげと感謝して
祖国に捧《ささ》げると言い切った「精神」こそ
世界に冠たる
経済界の王者ではないでしょうか

「児孫《じそん》のために美田《びでん》を買わず」
と戒めた西郷南洲《なんしゅう》（隆盛）の
素晴らしい教訓と合わせて
拝金主義で利己的な人たちに
「警鐘」を乱打して教えます
心ある人は襟《えり》を正すでしょう

53

合わせる心

正月の「お餅《もち》つき」は
つく杵《きね》と
捏《こ》ねる手と
一つの呼吸です

刀匠《とうしょう》の打つ鎚《つち》と
先手《さきて》の人とが
呼吸を一つにして
名刀が生まれます

吐《つ》く息五分《ぶ》 吸う息五分

五分と五分とが　完全に合ったとき
人間の「いのち」が守られます

妻と夫
嫁と姑《しゅうとめ》
先生に生徒
白い紙に黒い筆です
売り手と買い手の
心が合って商談成立です

相手が魚なら　こちらが水になる
相手と合わせる努力が
成功の鍵《かぎ》です

54

悪いすすめ

「あの人は　叱《しか》らないから
　いい人だ」
と言います

叱らない人は
本当にいい人でしょうか

中学生が　シンナーを吸う
見て見ぬふりをする
赤の他人だからです

「そんなもの吸ったら
体がめちゃくちゃになるぞ！
絶対やめなさい！」
と叱る人は親です　味方です

酒をすすめる人と　とめる人
煙草《たばこ》をすすめる人と　とめる人

「すすめる」人より
「とめる」人のほうが　味方です

大切な人には
悪いことは　すすめません

55

よそを羨む

よその花は
美しく見えて
自分の周りは
不足不満で
喜べない人があります

あそこのご主人は若いのに
もう課長さん
それに比べて
うちの人は「頼りない」

あそこの奥さんはいつも朗《ほが》らかで
美しくテキパキで羨《うらや》ましい
それに比べて
うちの女房は「薄暗い」

子供に
夫の「悪口」を言う妻や
妻の「悪口」を言う夫は
子育てを知らない
愚か者です

子供にとっては　大事なお父さん　お母さん
悪口言ってどれだけ
利益になるんでしょう

56

育てる親

我が子が　どうしたら
喜んでくれるかと
親は心を尽くします

「親思う心に勝る親心
今日のおとずれ
なんと聞くらん」
（吉田松陰）

どんなに子供が親を思っても
子を思う「親心」には敵《かな》わない

しかし 子を思う親心にも
いろいろ問題があります

過保護に育てたら
手のつけられぬ非行少年ができます
子供を甘やかさないで
逞《たくま》しい精神力をつくってやることです

子供がいやがっても
独り歩きのできる
逞しい人柄に育てれば
いつの日か 必ず喜びます
「可愛《かわい》い子には旅をさせ」とは
勇気のある親の子育てです

57

親育て

お父さん
お母さん

たまには「子供の心」に
なってみませんか

子供にとって
「親の夫婦喧嘩《げんか》」や
「嫁 姑《よめしゅうとめ》の喧嘩」は
小さな胸を痛める出来事
悲しく つらいんです

警察で　家出少年が刑事さんに言いました
「おれが家出したのはなァ
おれんちのオヤジとオフクロは
朝から晩まで夫婦ゲンカよ

親がケンカを始めると
子供は動物園のヘビの檻《おり》の中に
いるくらいいやなんだ
家出するのが当たりめえだろう！」

親や嫁姑の争いは
大事な子供心を
悲しみ狂わせる悪徳教育です
「非行中年」の親が「非行少年」をつくるのです

58

子育て

「親の敷いたレールを
　子供という電車が通る」

親が曲がりくねったレールを敷くと
子供という電車は
曲がりくねって走ります

真っすぐなレールなら
真っすぐに走ります
「親の因果《いんが》が子に報い」
と申します

子供を真っすぐな良い子に
育てたかったら
親が真っすぐなレールを敷くことです
親の正しい生活は
子供への「無言の躾《しつけ》」です

親の生活を正しくするには
親神様《おやがみさま》のみ教えどおりに
暮らすことです
親神様のみ教えは
真っすぐ　正しく　最高です
子供の生涯を考えるなら
親は正しく暮らすことです

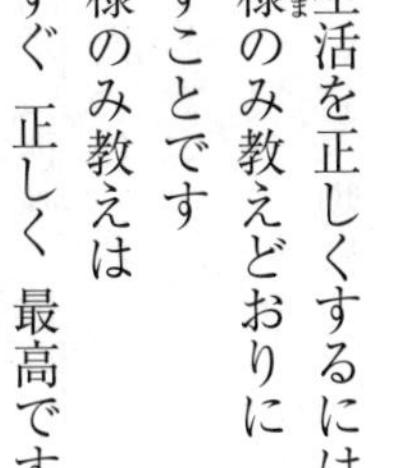

59

理は強く

減塩料理（薄味）は
健康のために
いいことです
塩からい食べ物は
高血圧
心臓病など
命取りの恐ろしい病気を
つくるからです
きびしい「躾《しつけ》」を

「優しい言葉」で教えるのが
上手な「子育て」です
「言葉優しく理は強く」
きびしい「責め言葉」は
塩の効きすぎた
漬物です
「からすぎて」
食べられません

ひと言の言葉も
優しく 温かく
心を痛めないように
たすける心で
育てましょう

60

甘ったれ

「甘ったれっ子は落ちこぼれ
心の幼稚な憐《あわ》れな子」

この世で一番の被害者は
過保護に育った子供です

「過保護」とは
子供の言うことを
何でもかでも聞いて
言うとおりにしてやることです
その結果 親の言うことを

聞かない子供にしてしまいます
親を湯水のごとく使って
便利なおばさん　おじさんぐらいにしか
思わない　恩知らずに育ちます

世間に甘え　親に甘え
他人に甘え　生活に甘え
金に甘え　自分に甘える

甘えたら思うようになるという
我がままな人間をつくるのが「過保護」です
「人に勝つより　自分に勝て」
と教えるのが正しい「子育て」です

61

行為は残る

「形は消えても　理は残る」
と言います
姿形は消えても
そのいんねんは消えない
ということです

ギャンブルで公金を横領した会社員
親と保証人とで
会社には損をかけずに済んだが
使い込み社員は
公金横領罪で起訴され

有罪でした

盗んだ金は返しても
「盗んだ行為」は
許されません
人に苦しみを与えたら
ちょっとやそっとで
「法」の威厳は赦《ゆる》しません

万引きした中学生の母親が　胸を張って
「金返しゃ　文句はねえだろう」
こんな非常識な母親が
非行少年をつくり　家族や子供を
不幸の底へ突き落とします

62

べったり

「べったり」
という言葉があります

「あの二人はべったり」
「あの子は母親にべったりだ」

「べったり」とは
くっついて離れないことです
「べったり」にはいいことと
悪いことがあります

夫婦は　べったりがいいでしょう

子供が親にいつまでも
べったりでは困ります
大学入試　就職試験
成人式から新婚旅行まで
母親がついて行くのは
どんなもんでしょう

べったりしないと
気の済まないママさんは
いいママさんではありません
可愛《かわい》い子には旅をさせる
賢い「母さん」になりましょう

63

小さい神様

「おばちゃん　ぼくの手のイボ治らないかなァ」
可愛《かわい》い小学生「カンチャン」です
「どんな病気でも徳を積んで
心を直せば　たすかるよ
おまえのイボは　毎日学校の帰りに
教会へ寄って便所掃除をして
徳を積んだら治るかもしれないよ」

カンチャンは治りたい一心で
毎日学校の帰りに
教会で「おつとめ」をして

便所の掃除をていねいにしました

一週間ほどしてカンチャンが
目を輝かして
「会長さん　ぼくのイボきれいにとれたよ！」
と駆け込んできました

これがきっかけで　カンチャンのすすめで
おばあちゃんの　足の病気も
お母さんの　のどの病気も
教会へ運んで
神様のおかげで　すっきり治りました
「子供は小さい神様」です
疑わない純粋な心が「いのち」を救います

64

我流信仰

「神様の教えではそうでも
私はこう思います
だから私はこうするんです」

これでは「神様への信仰」ではなくて
自分勝手の我がままな
「我流信仰」です

親神様《おやがみさま》の教えを「尊び」
心から素直に真面目《まじめ》に「実行」する
それが本当の「信仰」です

人間の考えには
間違いが多く
親神様のみ教えには
万に一つの「間違い」も
「誤り」もありません

「雨が降る」
大勢の人が集まって「この雨降るな！」と
天に向かって怒鳴《どな》っても　雨はやみません
神様の思召《おぼしめし》だからです

わからないところは質問して
よく理解して実行することが大切です
「我流信仰」では救われません

65

逆さぼうき

世の中に
困ることは
いろいろありますが
尻《しり》の長いお客様には
いささか困ります

こっちも忙しいのに
いつまでも
長居されては
たまりません

竹ぼうきを逆さまにして
手ぬぐいをかけて
追い出しのまじないです

人の迷惑を
一つも考えない人は
赤ん坊と同じです

赤ん坊は
人に迷惑をかけても　平気です
大人なら
相手の思いを考えて
「逆さぼうき」を立てられないように
気を利かせましょう

66

砥石

「明暗二極」
という言葉があります

今日という二十四時間の一日は
「昼」と「夜」との組み合わせです

人生は「明るさ」と「暗さ」が
同居しています
「お前いやでも
　また好く人が
　あるからこの世は面白い」

自分が見たら
「いやな人」でも
人によって
「好く人」もあるというのです

自分の心が「明るさ」「暗さ」を
決めるんです
いやな人でも
自分を磨く砥石《といし》です
大事にしましょう

好きな人とでも　徳が切れると
「悪い運命」に組み合わされます
「徳一ぱい」が「明暗二極」をつくります

67

熱燗

「どうもご馳走《ちそう》さま
もうケッコウです」
「そうおっしゃらずに
ゆっくり召しあがってください」
「いや もう十分です」
「それでも熱いのが
つきましたから！」
熱燗《あつかん》の「ひと声」が
人の心を温めます

サッパリしすぎます
これでは　実《み》も蓋《ふた》もありません
「ああそうですか！　サヨナラ！」
「もう結構です！」

人の情けが
人間の値打ちです
温かい言葉には
「人情」があふれます

そして自分自身の心も
優しく　温めます
温かい言葉は
「幸福の泉」です

68

はた迷惑

「お客様は 神様です」
と言う人があります

海外旅行のお客様も
神様だそうですが
神様は神様でも
いい神様ばかりではなく

悪い神様も
相当いるらしく

「お客様はサタンです」
という外国人の声も聞きます

日本人は「神様です」
と言われるくらいに
世界中の人々から喜ばれる
立派なお客様に
なりたいものです

めちゃくちゃに値切る人や
やたら威張る人は
「サタン」と言われても 仕方がないが
一人の「悪」のために 日本人全体が
「悪」にされてはたまりません

69

欠点

人の欠点を探すことは
あまり好ましいことでは
ありませんが

自分の欠点は
自分ではわかりません
だから
人に探してもらうんです

自分の欠点を
ズバリ言われたら

自分のためになることですから
喜びましょう

名医はからだの悪いところをズバリ
探し当てます

悪いところを探し当てて
見事に治してくれるから
名医です

あなたの欠点をズバリ言う人は
あなたの運命を治す名医です

70

いじめ

いじめによる中学生の自殺が続きます
この世の中で一番不愉快なものは
「弱い者いじめ」です

弱肉強食は「けだもの」のやることで
人間のくせに　弱い者をいじめる人は
「人面獣心」
人の顔をしたケダモノでしょうか

相手が弱いとみると　威張りちらして
無理難題を吹っかける

叱《しか》りつけたり怒鳴《どな》ったり
叩《たた》いたり蹴飛《けと》ばしたり
「吐《は》き出したく」なるほどいやな行為です

弱い人や哀れな運命の人を
心から　優しく　温かく労《いたわ》り
真実こめて　たすけてあげる
これが「人の情け」です

個人の争いから　国と国との戦争まで
弱い者いじめは最低です
同じ太陽　同じ空気　同じ水の
おかげで生きている
「人間同士」は兄弟姉妹《きょうだい》なのですから

71

赦す心

「いやはやこの暑さでは
とてもカナワンネ！」

ちょっと暑いと
すぐ「愚痴《ぐち》」が出ます

ちょっと
思うようにならんと
「私ほど
不幸な者はない」
世界中で一番不幸せのように

嘆くし
悲しみます

「あの人は嘘《うそ》つきだ！」
ちょっと約束が違うと
徹底的に人の欠点を
口うるさく責める人

不足や不満だらけで
すぐ腹を立てる人は
人に嫌われます
人の欠点をあっさり赦《ゆる》す人は
自分も幸せな人です

72

人間の価値

「けだもの」と人間の違いは
「知恵」と「徳」が
あるかないかです

人間の知恵とは
理解力
記憶力
創造力

この三つの「知恵」を
持っていることが

人間の特徴であり
価値と言えます

子供が社会へ出たとき
使いものになる人間に
育てるのが
親の義務です

賢い子供は
親の心を理解します

親孝行した人の
子供は
親孝行でしょう

73

母乳

母乳で育てた児《こ》と
人工乳の児に
格差があると言う人があります

母乳はただ単に
肉体を成熟させるだけでなく
知能を発達させたり
人格を高めたりして
精神の向上にも　寄与するそうです

私は知りませんが

なるほどと思います

人工乳も
それなりの効能はあります
しかし母乳は　神様からのお与えもの
親心あふれる最高栄養食です
赤ちゃんのために
最適につくられています

母乳の授乳は面倒だとか
乳形が変わるとか言いますが
愛《いと》し児《ご》の将来を思うなら
「子供を主役」にして
授乳することを考えましょう

74

口害

「ちょっと待て
言っていいこと
悪いこと」

ちょっとした
軽率なひと言が
とんでもない「大事」を引き起こします
言葉は便利なものですが
使いようでは凶器にもなります

ひと言をつつしんだら

夫婦も
嫁《よめ》姑《しゅうとめ》も
争わずに済んだものを
と反省します

心にもないお世辞《せじ》
と言いますが
相手を傷つける　荒い　汚い言葉と
どっちがいいでしょう

気をつけたいひと言の言葉とは
わる口　かげ口　そしり口
捨てぜりふ　切り口上《こうじょう》　あいそづかし
どれもこれも「口害《こうがい》」です

75

親　友

「親友」とは
相手の幸福を願い
相手の長所を生かし
欠点を改めるように協力する
温かい　優しい
心の結び合った友を言います

自分のためを思ってくれる人
心配してくれる人
意見をしてくれる人
そういう人が　本当の友だちです

酒飲み友だち　マージャン友だち
釣り友だち　いろいろあります

酒をすすめる人より
とめる人が親友です

相手が病気になってもかまわん人には
酒をすすめます
病気にならないように
酒をとめてくれる人こそ「親友」です

自分のことを芯《しん》から思ってくれる
「親友」は失いたくありません

76

今日一日

今日一日だけは
腹を立てない
今日一日だけは
欲を出さない
今日一日だけは
酒を飲まない
今日一日だけは
怒らない　怒鳴《どな》らない

「善良な一日」だけを重ねると
人生が楽しく
運命が明るく
寿命が長らえます

「今日一日」だけは しっかり徳を積もう
「あす一日」も がっちり徳を積もう
「あさって一日」も 力一ぱい徳を積もう

「徳積み」が続いて運命が開けます
「健康長寿」の喜びと
「家族の安定と円満」とが
あなたの人生に満ちあふれます

77

いい嫁

「あそこの嫁は いい嫁だ」
と言われる「嫁」は
どんな嫁でしょう

美人のことを
いい嫁とは言いません
あそこの嫁は「別嬪《べっぴん》」だ
と言うだけです

働き手でも
「働き者の嫁だ」

と言うだけです

それでは「いい嫁」って
どんな「嫁」でしょう

美人でなくともいいんです
心の優しい温かい
人の情けと思いやり
底抜けに明るくて
どんなことにも腹を立てないで

夫や姑《しゅうとめ》や兄妹と　心許して話し合う
朗《ほが》らかな陽気な嫁さんを
「いい嫁さん」と言うんです

78

特徴

「獅子《しし》は百獣の王」
あらゆる猛獣を蹴《け》ちらして
王者の貫録《かんろく》を示します

その「獅子」に比べたら
「蟻《あり》」などは 小さくて無力で
弱者の見本みたいなものです

ある時
百獣の王である獅子と
弱者の見本である蟻とが戦いました

だれでも　この勝負は
獅子の勝ちだと思うでしょう

獅子は怒って猛威を振るいましたが
蟻も負けてはいません
小さい体を利用して
獅子の毛の中へ食い込みました
何百何千という蟻がもぐり込んで
鋭利な牙《きば》で刺しました

百獣の王も切歯扼腕《せっしやくわん》
なす術《すべ》なく
蟻の軍門に降《くだ》りました

79

相　談

面倒くさくても
親に聞きましょう

「何《なん》でも親という理戴《いただ》くなら、
いつも同じ晴天と
諭《さと》し置こう」（ご神言）

「難儀《なんぎ》さそ
困らそという
親は無い」（ご神言）

いろんなことを
親に相談して
自分の意見も加えながら
暮らす人は　賢い人です

親に相談しない子供は
学校の先生にも　質問しません
先輩の意見も　聞きません

なんでも　友だちに相談するんですが
同じ程度の人間に相談して
いい考えが浮かぶでしょうか
「どんぐりの背くらべ」です
賢い子は　親や先生に相談します

80

すっきり

大統領の選挙で
勝った候補者に
負けた候補者が

祖国の繁栄に
協力すると
約束をしました

いつまでも しつこく
ぐずぐずと
争っている人は

両方とも　だめです
激しく争っても
すっきり「停戦」

「さっぱり」
恨みを忘れて
「平和」です

「小さな戦争」
嫁《よめ》姑《しゅうとめ》の争いも
夫婦喧嘩《げんか》も
あとは「すっきり」すれば
「円満」です

81

育てる

生まれたばかりの
赤ちゃんが
ミルクを沸かして
飲めるでしょうか
おむつを自分で
洗えるでしょうか

新しく入った
新入社員には
職場のことは
なんにもわかりません

新入社員を
ベテラン社員と
同じように考えるのは
無理でしょう

優しく親切に
教えてください
新しい人は
習わなくてはわかりません

わかるよう教えるのが
先輩です
「気長く親切に」育てましょう

82

ひもつき

「嫁にやった娘が
苦労しているから
それを思うと心配で
夜も眠れません」

こんな言葉を
よく聞きますが
嫁にやったんだから
あとのことは
あまり考えないほうが
いいと思います

「形として」やっただけで
心には　ひもがついている
ということです

人に物をやっても　惜しい心では
やったことになりません
相手にやったら
すっきり忘れて
本当に差しあげましょう

嫁にやった娘のことも
いつまでも心配しないで
神様に　お任せしましょう

83

新品の心

どんなものでも
綺麗《きれい》に洗えば
新品と同じです

新しいものでも　汚れっ放しでは
使いものになりません
ちょっと汚れたら手まめに
すぐに洗って干して
使いましょう

心も汚れたら

手まめこまめに
洗って干して
清い心で使いましょう

心を汚したまんまで使ったら
悪いんねんがこびりつき
苦しい悲しい運命のもととなります

汚れた心は一時《いっとき》も早く
教会へ運んでさんげして
欲を忘れてひのきしん
勇んでつとめて徳積んで
綺麗な心に掃除して
不思議なご守護を頂きましょう

84

心を動かす

チームを優勝に導く
監督さんは
選手の心を勇ませます

人の心を勇ませる
「用兵の妙《みょう》を得たる者
名将たり」
ということです

人の心が勇んで　仕事ができるんです
心が停《とど》まったら　仕事も停まります

心が落ちこんだら　仕事も落ちこみます
心が怠けたら　仕事も怠けます
仕事は　人の心と同居しています

人の心を勇ますには
こちらの徳がものを言います
相手がこの人のためなら
「一生懸命やろう」と
感じてくれることです

常日ごろから　相手に尊敬される
人格が大切です
「人徳」です
要するに「徳一ぱい」の人生です

85

幼いいのち

大河の流れに沿って
岸近き河原に　露天《ろてん》火葬場が
寂《せき》として不気味です

食うに食なく　病むに薬なき
憐《あわ》れな運命の風は冷たく
三歳や四歳の幼児《おさなご》が
音もなく果てて
悲しく　儚《はか》なく　消えて逝《い》きます
人の子と生まれて　憐れにも
花も実も知らずに

息絶えた愛《いと》し児《ご》を
貧しい母は自らの手で
火葬にするのです

満ち足りた日本では
とても考えられない悲劇です
火炎に包まれて消えてゆく
我が児の惨状《さんじょう》を見守る母の涙は涸《か》れて
なす術《すべ》を知りません

この悲しい姿を思うとき
あなたの生活の「千分の一」でもいい
この児の生命に与えてやってください

86

七票当選

「情けは人のためならず」
人間の値打ちは人の情と思いやりです

ある田舎《いなか》駅の待合室
その日は雪でしたが　まばらな乗客が
ダルマストーブを囲んで座談会で　平和です
発車間際に駆け込んできた
モンぺばきのおばさん　雪だらけ
切符売場へ急ぐ　「エエッ　今日から値上げ！
コリャ六十円足らん　弱ったなァ」
出札係の態度は　降る雪より冷たい

「おばさん　私が出してあげるよ！」
親切な青年加藤君が「ハイ六十円」と渡します
おばさんの目に涙が光る　うれしい一幕でした

星移り年変わり　十五年ほどが過ぎました
加藤君は信望の厚い青年で　みなに推されて
県会議員に立候補しました
初めてのことでもあり　選挙は苦戦でしたが
わずか「七票差」で当選できました
あとから聞いた話ですが　例のおばさんが
十五年前の駅頭劇の恩を忘れず
加藤君に恩返しと決めて集めた票が
「七票」だったとのこと
まさに「情けは人のためならず」でした

87

運は天にあり

「癌《がん》」になろうと思って
「癌」になる人はありません
「破産」する予定で
商売を始める人もありません

夫婦別れを覚悟で
結婚する人も少ないでしょう
不良少年にしようと思って
子供を育てる親もありません

思ってもいない　不幸なことになる

どうして？　と戸惑うが
現実は厳しい

凍るような冬が去って　春が来て
タンポポが　美しく咲きました
タンポポの「種」があったからです

種なしで「芽生え」はなく
原因なしで結果はありません
ナスの種からキュウリは生えない

自己を深く「さんげ」して
しっかり「徳を積んで」
幸運の種を蒔《ま》きましょう

88

悩み

「先生　私は悩んでいるんです
どうかたすけてください」

大きな材木問屋
その会社の創設者で社長です
年は七十歳で　体は極めて健康
三男二女という子宝で
五人とも健康で真面目《まじめ》で
嫁も婿《むこ》も　気さくないい人ばかり

商売はますます繁盛で

協同組合の理事長やら
老人会連合会の会長やらと忙しく
親戚《しんせき》とも仲はいいし
悩みなんて　あるようには思えない
しかしご本人は「悩みで夜も眠れん」と言います
「どんな悩みですか？」と聞きましたら
「私は死にたくないんです！」

「あなたの悩みは贅沢《ぜいたく》で欲が深いんですよ
若くして亡くなった友だちを思ったら
長生きしただけでも喜べるはずです
あなたは幸せすぎて感謝がないんです
人間は死んでも必ずこの世へ帰ってくるんですから
死ぬのは旅行に出かけるようなものと思いましょう」

89

業欲

一カ月の間 朝早くから夜遅くまで
一生懸命会社へ勤めます
月末に給料やら 手当やらをもらいます
これは決して「欲」ではありません

徹夜で受験勉強をします
親が見ても可哀想《かわいそう》なくらい
一生懸命勉強します
親も子も希望校への入学を祈ります
これは「欲」ではありません

夫のために真実を尽くします
妻のために愛情を捧《ささ》げます
そしてお互いに幸福を求めます
これは一つも「欲」ではありません

会社をさぼって　月給だけを要求する人
勉強せずに　学校へ入りたがる人
冷たい心で　妻をいじめるくせに
妻にだけ　愛情を求める夫
これを「業欲」というのです

神様の教えをなにも守らずに
ご守護だけ願うのも「業欲」です

90

生き甲斐

育て甲斐《がい》のない息子
尽くし甲斐のない夫
勤め甲斐のない会社
仕込み甲斐のない部下
やり甲斐のない仕事

心の底から　相手のためを思って
真実を尽くしたが
相手は一向に感じない
尽くし甲斐のない人です
エンジンのかからない欠陥車です

真心のわからない　人間の欠陥車です
自分のためになることを言われても
いじめられた　叱《しか》られた　意地悪された
としか悟れない
血の巡りの悪い「不徳」な人です

人間と生まれた甲斐のある
勉強した甲斐のある
打てば響くような人

そういう人になりましょう
そのためには信仰生活です
真剣に勇むことです
神様に愛される人になることです

91

古きを尊ぶ

「古いなァ！ そんな古いこと
　知らないよォ！」
よく聞く言葉ですが
「古い」から そんなことは「知らない」
「古い」から そんなことは「わからない！」
それが本当なら
ずいぶん「不勉強」の「怠け者」
ということです

社会科では歴史を教えています

歴史という学問は
古きを知り　古きを理解して
古きを尊び　古きに学ぶ
重大な学問の一つです

近代文明は　古代よりの人知を
継承してできた　人類の進歩の成果です
エジソンが電気を発明したのは
「昔」のことですが
近代文明の親です

進んで「古きを尊び」「古きを学び」
尊い「遺徳」を
愛する子孫に贈りましょう

92

合わせ上手

コンダクターの指揮棒に合わせて
オーケストラが名曲を演奏します

プロデューサーのメガホンに合わせて
名優がデビューします

監督の厳しさに合わせて
選手が猛練習をして
優勝の金メダルです

厳しくてもつらくても

教訓に合わせることの重大さを思います
合わせることはむつかしいが
合わせる努力の結晶が
世界一の金字塔《きんじとう》です

合わせることの下手な人は
自分勝手な気持ちの強い人です
短気な人です　損な人です
「短気は損気」というのは本当です

どんな人にでも　どんな場面にでも
合わせることの上手な人は
どんな運命にも負けない
本当の幸運を摑《つか》む人です

93

律儀者

「頼まれたことは 明日に延ばすな」
私の父は「律儀者《りちぎもの》」でしたから 言いました

人様に頼まれて
「はい 引き受けました」
と請け合ったら責任を持てと言うのです

暇になったらやってあげよう
気が向いたらやろうでは だめだと言うんです
「今度とバケモノ出たことない」
とこんな冗談も言いました

昔から「もの頼むのなら忙しい人に頼め」
と言います
忙しい人は　間に合う利口な人だからです

人に頼まれて「よし」と引き受けても
いつまでも放《ほ》っておいて
催促されると「忘れちゃおらんよ」
と威張って言いわけする
こんな人は最低です

頼まれて引き受けた以上
真面目《まじめ》にやってあげる人は
だれからも愛される人です

94

好きが仇

「蝦《えび》で鯛《たい》を釣る」
と言います
鯛は蝦が好物で　すぐ食いつきます
それで命を落とします

「好きが仇《かたき》で命取り」
ということです
蝿《はえ》の好物は　蝿取り紙の甘味《あまみ》です
ゴキブリは　ゴキブリホイホイで
命を落とします

人間も「好きが仇」です
好きで命を失います
「酒飲み」は酒で命を取られ
「煙草《たばこ》」の好きな人は
煙草のために病気になって
「一命」を失うそうです

「女好き」の人は女性問題で
命を失う人もあります
「好き」で命を失うより
「嫌い」でも　たすかることを守りましょう
神様の信仰は好きでなくても
生命と運命のご守護を頂けます

95

病因

病気は　人間の一番いやなものです
どんな病気でも
気まぐれや好みで　患うのではありません
それなりのわけがあり
原因があるから　病気になるんです
「病《やまい》の元は心から」
と言われます
二十一世紀の医学と言われる

「サイコソマチックス（心身医学）」は
精神が病気をつくるのだと
はっきり説明しています

病気になる原因は
「ストレス」と言われます
ハンス・セリエ博士の「ストレス学説」です
腹立ち　心配　くよくよ　いらいら
心の乱れがストレスです
ストレスは心の悪魔です

この他にも前生《ぜんしょう》からの悪いんねんなど
いろいろですが
その勉強は教会で研究しましょう

96

行く先はどこ

怠け者と
働き者

嘘《うそ》つきと
正直者

朝寝坊と
早起き

親に心配かける親不孝と
親を喜ばせる親孝行

今の運命は同じようですが
五年　十年　三十年と
たつうちには
極楽と地獄ほどの
差がつくでしょう

怠け者　嘘つき　朝寝坊　親不孝の人は
今は我がまま勝手でよさそうですが
人生の悪路を真っしぐら

働き者　正直者　早起き　親孝行の人は
今は苦労でつらいかもしれないが
極楽行きのコースを進んでいるんです

97

また来れる

わたしたち人間が
逃げることのできない宿命の中で
もっとも悲しいことは
「死ぬ」ということです

「死ぬ」と呼吸ができなくなって
目が見えなくて真っ暗闇《くらやみ》になって
耳が聞こえなくて海の底です
口が二度と開くこともありません

棺桶《かんおけ》の中に入れられて

フタは釘《くぎ》で打たれて
火の中に投げこまれて
白骨だけが残るのです

それでも親神様《おやがみさま》は
「死」を恐れることはないとおっしゃいます

「古い着物を　新しい着物に着替える」
これを「出直し」と教えられます
しばらく親神様のふところに帰って
再びこの世に生まれて
楽しく暮らせるのです
要するに「再び人間に生まれてこれる」のが
「出直し」のご守護なんです

98

ご褒美

子供には　子供らしい
ご褒美《ほうび》をやってください

大人には　大人らしい
ご褒美をあげましょう

神様からのご守護も
子供のように幼稚な人には
大人並みのご守護は頂けません

神様から大人並みの素晴らしい

ご守護が頂きたかったら
大人らしい心に成人して
大人並みの
ご奉公をすることです

大人並みの
ご奉公とは
我《われ》を捨てて
人をたすけることです

自分のことを人にさせて　迷惑かけて
ブラブラしているのは
大人ではありません

99

阿呆

阿呆《あほう》になり切れたら
こんな幸せなことは
ありません

本当に阿呆になれる人は
頭のいい人です

「自慢高慢　馬鹿《ばか》のうち」
自分の価値を知らずに
威張り散らす人
高ぶる人は

頭の悪い人です

ばかにされても
腹を立てずに
にこにこ笑って
相手を赦《ゆる》せる人こそ
本当に頭のいい人です

人にどんなに見下げられても
悪口 陰口を言われても
親神様《おやがみさま》 おやさまに
愛され守られたら
運命の強い人になれます

100

幸福への道

「道」を知らない人や
迷った人は
目的地へは着けません

「道」を間違えたら
「迷い子」です
「お道」を知らない人は
「人生の迷い子」でしょうか

幸福への「道」を
知らない人

間違える人は
「幸福」へは着けません

「幸福への道」を
真面目《まじめ》に真剣に探しましょう

「幸福」を願うのなら
「幸福への道」を勉強することです
よく理解して　その道を急ぐことです

幸福への道を知るためには
「おぢば」へ運ぶことです
「おやさま」が
優しく教えてくださいます

おわりに

最後までお読みいただき
ありがとう
ございました

ナスの種を蒔《ま》いて
キュウリは生えません

「借り」のあるうちは
「催促」もあります

「反省」「満足」「奉仕」の心で
「徳」を積みましょう
幸福の扉は鮮やかに開きますから

筒井敬一

この本は、立教一五九年（一九九六年）に天理教道友社から刊行されました。

筒井敬一（つつい・けいいち）
大正7年（1918年）、東京神田生まれ。長男の轢死や次女の急死をはじめ、自らの病気（胃潰瘍、痔瘻、結核など）から、人間の生き方、神と人間のつながりを求める。精神衛生教育に貢献、岐阜県警察本部講師などを務める。天理教越美分教会初代会長。著書に『生き抜く力』『幸福を創る――陽気ぐらしのヒント112話』（道友社）、『若き信仰者の告白』（養徳社）、『親子の幸福ライン』（日本図書館協会選定図書・善本社）、制作映画に『白い炎』など多数。平成21年（2009年）、出直し。

DOYUSHA BUNKO
道友社文庫
幸福を運ぶ詩《うた》100

立教176年（2013年）2月26日　初版第1刷発行

著　者　筒井敬一

発行所　天理教道友社
〒632-8686　奈良県天理市三島町271
電話　0743(62)5388
振替　00900-7-10367
TENRIKYO DOYUSHA

印刷所　株式会社天理時報社
〒632-0083　奈良県天理市稲葉町80

ISBN978-4-8073-0573-5
定価はカバーに表示